止幾女幾

tokimeki

河内文雄句集

ふらんす堂

目次

句集　止幾女幾

為

何処からも氷柱の垂るる北帰行

いかのぼり凧と言ひなす気風《きっぷ》哉

着膨れの限度有りとは思へども
けあらしや料簡せまく世を渡る

福寿草笑つてばかり居れまいに

初夢の消ぬる速さを如何にせむ

日本版サニールームや日向ぼこ

湯豆腐は我が家優れり老舗より

枯木裂く事の能はず折れにけり

新海苔やをとこのすなる厨ごと

校庭や掌になつかしき独楽の芯

名の木枯る俳句結社に友ひとり

冬芽摘むほどの悪事を重ねけり

信号の右は赤の座ほとけの座

代々の知恵をうけ継ぎ寒晒し

暗黙のりやうかい憂しや新暦

停車場のすみに白鳥憩ひをり

寒雷や目に見ゆる疵見えぬ瑕

敷蒲団干され叩かれ膨るると

文芸の孵卵器なるや掘ごたつ

思ひ出を重ね手袋やはらかく

必須なる雑煮の話題顔あはせ

竹馬に初めて乗れし日の虚脱

薄紙を剝ぎ残したる寒さかな

軒端なる新巻にほふ隣家まで

深海魚せんきよ鮟鱇連覇せむ

目を合はす人の不在に悴めり

鱈汁の美味わすれざり親不知

あはれ逆走のランナー息白し

寒木瓜の真一文字の銀朱かな

乃

たましひに梅の造形刷り込まれ

浮かれ猫その実憂かれ猫ならむ

世の色に未だ染まらぬ根芹かな

物の芽ゆ物の怪と一緒にすなと

雪解川とき取り戻すかのやうに
たましひの雫なるとや猫やなぎ

進む道決めたるとてや土手青む

順に押す春へのボタン無縁坂

告白の首尾の歯痒し春の立つ

涅槃図に役割不明なるやから

氷解くほどの差配は邑をさに

惚けをれば蕗の姑なる地位を

初蝶やパリの十区の曲がり路

剪定やはしごは梯子昇らざる

予報士の開花宣言こゑひそめ

ひと凡そ大きなお世話猫の恋

思ふさま焦げを纏はせ焼諸子

鴇色の硝子の鉢やシクラメン

公魚のうからやからの次々と

荒東風のつねに直球勝負かな

天命は遅れて気付く花馬酔木

短冊にまんえふがなや冴返る

ゆゆしきは富士山麓の大焼野

恋猫になどて足踏み鳴らす癖

片栗の花やま棲みの民に似て
雪崩跡すでに著きやけもの道

神の守るくにの山焼き耀へり

鉄骨に錆浮き初むる犬ふぐり

沈丁の匂ふ架け橋なかばより
賽子の角のきは立つ余寒かな

於

春・坊やいったい何を教はつて

蝶行きつはつか戻りて又行きつ

瑞兆やうぐひすのこゑ都会にも

さいころは転びてなんぼ柳の芽

朧夜のテレビは急に話し出す

初恋の来た道てふの帰るみち

初つばめ高さ制限知るごとく

下町やおぼろのねぶる塔の先

はつ燕空より出でて海に消ゆ

小糠あめ巣箱かたどる面と穴

長閑しや迦陵頻伽は舌を出し

其の上の一向一揆シャボン玉

はるの泥などに臆せじ大僧正

春灯や板目模様にインカ文字

風船や空にも浮ぶ瀬の在りて

通学のみち菜の花をよぎる道

草餅に指の吸ひ付くあひだ柄
すずめ蜂霊長類を蹴散らしつ

桜辺の半畳しりの据ゑどころ

夫々の丘それぞれの花こぶし

その家の雅びなること紫木蓮

近ごろの乙女磊落ひなまつり

佐保姫にせめて群馬の休日を

永き日の庭よりぢかに入る家

ひそやかに迷宮運ぶ栄螺かな

陽炎の奥の奥までかぎろひぬ

糸遊や昨日済ませし事なるに
野辺よりの霞に街の色失せぬ

春の夜の髪解きをり女流棋士

なか空をひと日たがやし春嵐

久

二の腕のたぷたぷ春の深みゆく

胸すくや海市を組み上ぐる手際

遠足は近手に限るウインウイン

窓外へカーテン垂らし万愚節

どんたくや顎《あぎと》は人を唄はしむ

門ごとに福のひと文字桃の花

東名で逃水つひに捕らはると

剣呑な眉間弛ぶやすずめの子

ふらここに年齢不問なる度量

蝌蚪の紐緩み撓みを旨として

切れ味のにぶる鋏や春惜しむ

山吹は八重に気骨を折り畳む

押さば引く水平線や潮干狩り

涙目で疎みうとまれスギ花粉

分校の朝礼めくやねぎばうず
麗しきことどもつつみ花曇り

哀惜の行き交ふ空や鳥ぐもり

土台などなんのものかは貝櫓

花冷えは水の硬さにまで及ぶ

暮れぎはの八十八夜もやひ舟

万感の別けても甲斐の春の暮

五種類の錠剤飲みて菜種梅雨

淋しくて一人の花見侘しくて
星々の夜を籠めて守る巣立鳥

貫入はうつはの華や夏どなり

正面の顔は知らねどさくら鯛

稜線のなりに広ごる山つつじ

陽差し賜はりて一気の春の虹

啜りけり海の欠片を石蓴蕎麦

今こそがおのれのときや遅桜

也

郭公のこゑに好悪のあからさま

薄暑光たまゆらの恋透きとほる

虹ふたへ触るること無き試金石

修司忌の空へ突抜け井戸の底

若葉風螺髪みぎ巻き盧舎那仏

紅薔薇は裏切りの色白薔薇は

芍薬やはつかにたわむ風の腰
手折りなば散るぞ泰山木の花

鯉幟はら持ちのせぬ風ばかり

陽と影の適ひて時は花うばら

遠浅の海は卯波を手なづけて
緋牡丹は熟睡《うまい》の闇にうす化粧

小満の水面ふくらみドナウ川

山脈の真そら押しあげ桐の花

石楠花を縫ひて山道なな曲り

糸張の蜘蛛の覚悟を風が受く

ひとときの踵の着地風かをる
泉とはみたまの出づむ処にて

鈴蘭や光りいや増せひとつ星

黒潮の丈はおほむね夏のはば

其の儘のときをそのまま青簾

遠山の淡くかさなり罌粟の花

窓ガラスへだて三毛猫四十雀

掘られざる竹の子守るや竹林

麦秋のうねり幽けき音を生む
難民へ若葉のひかり届かざる

鎌倉の谷戸の菖蒲や湿りみち
人の歩に舟虫の散る速さかな

薔薇の香の包み余せる無精髭

喧嘩にはめつぽふ弱し燕子花

末

かたつむり散華のまなこ両瞑り

化石にはなれぬ無念の軆であり

かの人の穿かばステテコ市民権

体育の授業途切るる日かみなり

黒揚羽不味き大気は吸はざると

蚊帳畳む父祖伝来の秘技の絶ゆ

ゴム長と梅雨の蜜月終はるやに

奥駈《おくがけ》道やかまへてこゑの仏法僧

柏手の十指くまなく涼しけれ
でで虫のつひぞ戻らじ方違へ

髪を切る客はひと言夏向きに

あま雲の水たつぷりと桜桃忌

夏安居の僧は手櫛の夢を見る

蛍火や記憶のみぎは遠く置き

荒梅雨や漁網に絡む貝と悔い

郷里《くに》狭し麦秋の果て指呼の内

すり鉢の角度カルテル蟻地獄

来し方は苗ゆくすゑは余り苗

夏の霧つつみ余せる榾火かな

猛毒を根に持つタイプ夾竹桃

瀬戸ぎはの蛸足の秘技九本目

まさかとは蓼食ふ虫のひき蛙

薄日差す水ふところに蓮浮葉

蛾の挑む火の見当らぬ近未来

木耳の如く聞く耳持たぬやつ
どぜうなべ心の箍を外しけり

黒南風や耳に食ひ込む眼鏡蔓

疾きこと風の如くやあぶら虫

惣領《そうりやう》息子は家に縛られ通し鴨

黴くさき男がカビを退治せり

計

なつ朽ちて漂ふはバウヒニアの香

あぶら照りまやかし押し寄する港

風死すと伝令の触れまはるいとま

生きめやも溽暑に一歩下がるきみ

べに濃ゆき蓮華やいのち経巡らむ

乾ぶ地へ時いたりなば喜雨訪はめ

モンスーンや立志の鎖灼かるとも
ただ走る蟻に不幸のありぬべし

うし飼ひは牛とかたらひ夏の空
たそがれの竹煮草なほ鮮らけし

籐寝椅子目覚めの腰の重きこと

かんばせに汗と化粧の鬩ぎ合ふ

思ひだす縁《よすが》などてや青田かぜ

水割りて両の腕《かひな》やバタフライ

人倦みのいぬ炎天に尻尾振る

暑気中せよ融通の利かぬ時計

水底の尽くる瀧はた尽きぬ滝

夏の夜の全裸疾走《ストリーキング》みづうみへ

蚊喰鳥夜の半ばを我がものに

甲斐にして閑かなること蟇蛙

甲斐なれば動かざること蟾蜍

汗といふ極めて個人的な事象

ふうりんの方言およそ七通り

梅雨晴の空や漫ろに碧みをり

不可思議な存在感や枇杷の種

頭痛などなんくるないさ掻氷

瓜食めば昭和のやをら蘇へる

人災のひでり旱魃とは云はず

夏やかた扉のかげに誰か居る
水がみづ動かしてゐる泉かな

不

干草の山に触れてはならぬもの
羽抜鶏ホップステップ後知らね

相乗りのほとけ送り火風を生み

手に余る物の種々浮いてこい

秋出水馴染みの山河牙を剝く

ふくざつな心かんたん服包む

鬼灯は音立てぬ鐘けやきざか
観るべきは百日紅の並木みち

掠れたる終業チャイム月見草

八月や俳諧いまだあざむきぬ

志なかばならむやかぜの死す

縄文の技れんめんと夜干し梅

贅沢にことばつかひて盆用意

辺境の牝牛の乳房ふくべほど

七夕の竹としごとに細くなり

豊満な暮色まとひて花むくげ

葭切の河原せはしき夕べかな

凡庸な大だま西瓜落としけり

雪渓は途切る山頂指呼にして
情念のどないもかうも油照り

八月に秋とてなんぞ写生なる

草取は楽しとうそぶける偽善

同じ香の忍者山賊やぶじらみ

葛の取る間口戦略このかたち

祭りにはまつりの歩幅青二才

普請とてわづか半にち海の家

そら分つ活断層へいなびかり
網走の渺たるなつへ鉄路延ぶ

旱天の歩やはんてんの砂時計

芥子粒のあめ八月の拗ね銀座

己

秋ひと日老いにけらしな敬はれ

流星の落ちて堪るか地球《テラ》などに

ひややかや角度のこはき蔵梯子

コスモスは風の行方を指し示す

ユーラシア大陸指呼に曼珠沙華

竜胆や無くてはならぬいぶし銀

これよりは臨死体験霧ぶすま

台風の試歩や赤道ふみはづし

寂しさに縁台を出す秋まつり

月光の螺旋に蔓のいらへけり

鑿あとの起伏のリズム秋の蝶

手のひらを流るる霧や小諸駅

陸のへり越ゆ木犀の匂ひかな

吹抜ける風は葡《え》萄《び》いろ葡萄棚

宮仕へ武士は食はねど濁り酒

月照らす曠野一本のハルニレ

文芸を獺《をそ》のひも解く良夜かな

雲間より二十三夜の月あかく

子等遊ぶ風呂に鬼灯泳がせて

石組みの弛びも二百十日かな

露けしや形見の財布手に重し

暮れ際の風やかぼそき野紺菊

四谷より皿割る音の夜長かな

楽団が花野の縁に待ちてをり

装ひの遅速たとへばうす紅葉

さかしまの世の尋常や竹の春

落鮎の塩打つ背鰭いなせなる

見習ひを一夜ねぎらひ月見酒

次つぎと跳ねて棚田の落し水

学帽の鍔くたびれる九月かな

衣

もの思ふいとま新蕎麦与へざる

おほやけは色なき風と思ふべし

稲架組むや空の裏まで空満たし

点と停《や》みついと去ぬるや赤蜻蛉

新蕎麦を一気に手繰る呵成かな

川ひとつ手折りてかざる沼の秋

末枯れや木よりも鉄の朽ち易し

侘び寂びの況《ま》して秋なり古信楽

秋茄子の健やかなるを腹に入れ

敗荷に自尊のひかり自解《じげ》のつや

或るときは彼の世経巡り彼岸花

是がかの尻で笑まふと云ふ栗か

何ごとも不器用でして曼珠沙華

菊枕かうべとひたひ分けがたし

末枯にあんな事またこんなこと

散り際も折り目正しき柳の葉

定番のキャンプのカレー七竈

わら葺きの屋根月光に瑞々し

弁慶の色惜しみをり菊まつり

朝霧の跡かたも無き晴れ心地

みせばやの雲湧く如く岩の上

残る菊この村のさき見通せず

変化球投げる様にて林檎捥ぐ

健忘や秋思いちづに繋がらず

星月夜一枚めくりあかときに

月明の竹の葉擦れやかぐや姫

戯れに汝が名呼びたり月光裡

公園の四隅に四股や落葉やま

鷹や鷹匠を父ともたのみとも

根性に気圧されてをり風邪薬

天

雪といふ斯くも遠慮のなき鎮座

目貼して実入り少なき寺となる

世に生を享け此の方の大くさめ
大根も役者も抜きてよりのこと

初しぐれ都会の駅は屋根を持つ

木枯しのとりつくしまや常緑樹

散りてなほ落葉に残る裏おもて
ほどほどの理屈捏ねては神無月

水の神祀る貴船のはつごほり
北風と互ひに道をゆづらざる

伐り株に木枯塗すてふ慣らひ

ブリキ錫トタン亜鉛や冬日差

起重機に重力うまれ冬ざくら

煮凝りのかしまし多国籍言語

冬服と云ふには謎の軽さかな

のぼり来て東西南北みな枯葉

初冬のうら路地くらし中華街

とぼとぼと枯るる大気や鬼瓦

船べりに降りる振りだけ冬鷗

木枯しや譜代は外様疎みけり

寄鍋に寄りて招かれざる客へ
引率の白きねぶかを高く挙げ

色変へぬ松を讃ふる程のこと

凍鶴の鋭声や天をあふぎては

葛湯吹く終の使命の如く吹く

焼鳥の脂したたり落つ夜更け

遅れ来てなにをいまさら初氷

饒舌な冬日なのです苦手です

しもつきの国会荒れて鳩乱舞
凍星の小粒なれども皆ひかる

安

四面楚歌ほどに聖歌の高鳴れる

紅蓮なほ挑み足らざり里の火事

ゆつくりと雪おりてくる大手町

虎落笛けふの呂律を如何にせむ

隙間風吹かねば閉さざるものを
河豚鍋の痩せふぐ哀れなる老舗

朝陽分け入らばきらめき樹氷林
目を凝らす枯野に仰山のいのち

たそかれの色のみ残し冬没日

山頂の霧氷や風のつのり来る

煙突に昼の星見ゆすすはらひ

水運のかなめの運も尽きて雪

親方のひぢで締めをり畳替へ

長汀は両翼ひろげみそさざい

雪霏々と北山杉をくらうせり

太郎より次郎はや起き垂《しづ》り雪

冬至てふ闇の頂点つかのまに

木枯しは天下国家を股にかけ

境内の焚火おほなみ小波かな

淡あはと風花白くひるがへる

摺り下ろす鬼いたの反り霙鍋

水仙の湧き立つ尾根や海光る

かれ瀧を明けの明星雪崩落つ

追ひすがる連絡船や冬かもめ

紙漉きといふ真水との格闘技

たもとほる祇園白川ゆき催ひ

毛糸玉まろびてとほき昔かな

根のふかき難問さても根深汁

浜千鳥実効支配九十九里《くじふくり》浜

一天の碧へ雪嶺なるくさび

あとがき

尻だし三部作（笑）の中で、この『止幾女幾』が一番の問題作です。私は個人的に十七音十三字を原則としており、第三句集『宇津呂比』も、第五句集『真太太幾』も、それぞれ三百六十句全てを十三字表記で統一しています。しかしこの『止幾女幾』では、どうしてもその原則から外れる句が出てしまいました。これもまた脳内ネットワーク再構築の一つの過程なのかもしれません。

それとは別に、俳句にメッセージ性を持たせるため、意図的に字数を変えた句群もあります。さらに例によって、ほとんど失敗に終わった様々な実験も、すべて包み隠さずお示ししておりますが、振り返って見て、余りに稚拙な句の多いことに驚いております。〝それなりの句〟の数は、以前に刊行した『美知加計』や『美知比幾』のほうが遥かに沢山あります。でもこれは喜ばしい現象であると考えています。

主宰の模倣に終始した第一句集や第二句集と異なり、それ以後の作は、赤ん坊が徐々に言葉を覚え、親の口真似だけではなく、自分の頭で考えた文章を話し始める道筋とダブっています。もしかすると自分でも気づかないうちに、自己のオリジナリティを獲得していく経過が記録されているのかも知れません。と言いますのは、今回の『止幾女幾』と次の『真太太幾』で、これが離陸というものか？　と感じる瞬間が度々あったからです。（何度か墜落しましたが……笑）

ふたたび、みたび、よたび、ふらんす堂の皆さまにお世話になりました。恐らくこれからもお世話になることでしょう。どうぞよろしくお願いいたします。

令和四年二月

河内文雄

著者略歴

河内文雄（こうち・ふみお）

昭和二十四年　岐阜県飛驒高山にて出生
平成二十八年　「銀化」入会
令和二年　　　第一句集『美知加計』（ふらんす堂）
令和三年　　　第二句集『美知比幾』（ふらんす堂）
令和四年　　　第三句集『宇津呂比』（ふらんす堂）
現　在　　　　「銀化」同人　俳人協会会員

現住所　千葉市稲毛区小仲台二―一―一―三三〇一
Ｍａｉｌ　kouchi-fumio@nifty.com

句集　止幾女幾（ときめき）

発　行　二〇二二年五月八日　初版発行

著　者　河内文雄

発行人　山岡喜美子

発　行　ふらんす堂　〒182-0002 東京都調布市仙川町一―一五―三八―2F

電話〇三―三三二六―九〇六一　Fax〇三―三三二六―六九一九

ホームページ http://furansudo.com/　E-mail info@furansudo.com

装　幀　君嶋真理子

印刷所　日本ハイコム株式会社

製本所　株式会社松岳社

定　価　本体三〇〇〇円＋税

※乱丁・落丁本はお取り換え致します。

ISBN978-4-7814-1461-4 C0092 ¥3000E